FIELD

FIELD

Eldeberry
hedge

Eyebright
Cottage

The weaver
widows

Daisy

Laundry

Buttercup
meadow

willow bushes

The Voles Hares

when the
wedding party
ended up

THE
PRIMROSE WOOD

KB149302

비밀의 계단

질 바클렘 글·그림 | 강경혜 옮김

마루벌

질 바클렘(Jill Barklem)은 영국에서 태어나 세인트 마틴 미술 학교에서 일러스트레이션을 공부했다.
바클렘은 자신이 태어난 에핑 숲을 모델로 이상의 세계, 찔레꽃울타리를 만들었다.
구성하는 데 총 8년이 걸린 찔레꽃울타리 시리즈는 뛰어난 작품성으로 전 세계에서 인정받고 있다.

비밀의 계단

질 바클렘 글 · 그림 | 강경혜 옮김

1판 1쇄 펴낸 날 | 2005년 12월 7일
2판 1쇄 펴낸 날 | 2024년 7월 30일

펴낸이 | 장영재 **펴낸곳** | 마루벌 **등록** | 2004년 4월 1일(제2004-000083호)
주소 | 서울시 마포구 성미산로32길 12, 2층 (우 03983) **전화** | 02)3141-4421
팩스 | 0505-333-4428 **홈페이지** | www.marubol.co.kr

Brambly Hedge : The Secret Staircase
Text and Illustrations Copyright ⓒ 1983 by Jill Barklem
First Published by HarperCollins Publishers Ltd., London, UK. All rights reserved
Korean Translation Copyright ⓒ 2005 by Marubol Publications
Korean edition is published by arrangement with HarperCollins Publishers through KCC.

이 책의 한국어판 저작권은 KCC를 통한 HarperCollins Publishers와의 독점 계약에 의해 마루벌에 있습니다.
저작권법에 의해 한국 내에서 보호를 받는 저작물이므로 무단전재와 무단복제를 금합니다.

KC인증 정보 품명 아동도서 **사용연령** 6세~초등 저학년 **제조년월일** 2024년 7월 30일 **제조국** 대한민국
연락처 02)3141-4421 서울시 마포구 성미산로32길 12, 2층 **주의사항** 종이에 베이거나 긁히지 않도록 조심
하세요. 책 모서리가 날카로우니 던지거나 떨어뜨리지 마세요.

찔레꽃울타리 마을

시냇물 건너 들판 저 너머 가시덤불이 **빽빽이** 뒤엉켜
자라고 있는 곳, 찔레꽃울타리 마을에 아주 오래전부터
들쥐들이 나무줄기나 뿌리 사이 굴에서 살고 있습니다.

사과 할머니

사과 할아버지

생활에 필요한 모든 것을 자연에서 얻고 자연과 더불어
살아가는 찔레꽃울타리 마을의 들쥐들은 부지런히 일하며
삽니다. 날씨가 좋을 때면 덤불과 주변 들판에서 꽃,
열매, 과일, 견과를 모아 말리고
맛있는 잼과 절임을 만들어
다가올 추운 겨울을 위해 창고에
잘 간직해 둡니다.

마타리 씨와
마타리 부인

앵초

들쥐들은 열심히 일하면서 즐겁게 노는 것도 잊지
않습니다. 일년 내내 생일이나 결혼식, 겨울 축제
같은 행사로 서로 축하해 주며
다정하게 지냅니다. 기쁜 일만 함께하는 것이 아니라
이웃에게 어려운 일이 생기면 힘을 모아 돕습니다.

머위

서리가 내린 아침이었습니다. 찬 공기는 상쾌하고 맑은 겨울 햇살에
온 세상이 반짝거렸습니다.
찔레꽃울타리 마을의 들쥐들이 찬 바람에 옷깃을 여미고 두 손을
호호 불며 부지런히 숲 속 길을 가고 있었습니다. 커다란 바구니를
들고 비쁘게 지나가던 바이솔 아저씨가 인사를 했습니다.

"좋은 아침입니다."
사과 할아버지와 머위네 집 아이들은 커다란 호랑가시나무 가지 더미와
담쟁이 덩굴을 끌고 가느라 한창 바빴습니다. 마침내 떡갈나무 성 앞에
도착해 나뭇단을 모두 땅에 쌓아 놓았습니다. 머위가 문에 달린 종을
울렸습니다.

성의 주인인 마타리 씨와 딸 앵초가 문을 열었습니다.

"우리 왔네. 전부 안에 들여놓을까?"

사과 할아버지가 땀을 닦으며 말했습니다.

"네, 그렇게 해 주세요. 우선 계단 장식부터 시작하지요."

마타리 씨가 말했습니다. 아이들은 신이 나서 반짝반짝 윤이 나는
바닥 위로 나뭇단을 끌어 대회당 안으로 들여놓았습니다.

"너희는 오늘 밤 축제 준비 다 되었니?"

마타리 씨가 묻자 머위와 앵초는 서로 바라보며 싱긋 웃었습니다.

해마다 이맘때쯤 해가 지고 나면 온 마을 쥐들은 불이 활활 타오르는
난롯가에 둘러앉아 전통적인 겨울 축제를 열었습니다.

올해는 아주 특별한 놀이가 많이 준비되어 있었습니다. 머위와 앵초는
시를 읊기로 했습니다.

"네, 거의요. 그런데 연습도 좀 더 하고 의상도 준비해야 해요."

앵초가 대답했습니다.

"옷은 엄마께 여쭈어 보렴. 연습은 너희가 편한 곳 어디서 해도 좋다."

마타리 씨가 말했습니다.

다른 아이들은 사과 할아버지와 숲으로 떠나고 머위와 앵초는
대회당 한구석에서 시를 외우기 시작했습니다.

　"해가 가장 짧고 밤이 가장 추운 계절."
앵초가 망토를 입는 시늉을 하며 외우기 시작했습니다.

　"찬 서리는 유리창에 하아얀 옷을 입혀요."
머위가 이어서 읊었습니다.

"비켜라, 애들아."
까치수염 아저씨가 유리병을 들고 지나가는 바람에 연습이
중단되었습니다.
"여기서는 못하겠다. 좋은 데가 있는지 엄마께 여쭈어 보자."
앵초가 한숨을 쉬며 말했습니다.

앵초 엄마는 부엌에서 미나리꽃과자를 만드느라 바빴습니다. 하지만
잠시 일손을 멈추고 앵초의 이야기를 들어 주었습니다.
"가만 있자……. 혹시 다락방에 너희가 입을 만한 옷이 있는지 가서
찾아보렴. 연습도 거기서 하면 되겠구나."
엄마는 작은 바구니에 빵, 치즈, 과일주스 병을 담아서 손에 들려 주고
머위와 앵초를 부엌에서 내보냈습니다.

떡갈나무 성 꼭대기에는 다락방이 아주 많았습니다. 앵초 엄마는
이곳에 오래된 물건 중에서 나중에 다시 쓸 만한 것들을 모아서
놓아 두었습니다.

아기 이불, 예쁜 레이스, 단추 통, 헌 책, 부서진 장난감, 조각 이불,
행주, 낡은 냄비 등이 선반 위에 뒤죽박죽 쌓여 있었습니다.

머위와 앵초는 이 방 저 방을 다니며 연습하기 좋은 곳을 찾다가
복도 맨 끝에 있는 창고 방까지 왔습니다. 머위와 앵초는 방에
가득 찬 물건들에 정신이 팔려 시 외우기 연습을 잊어버렸습니다.

앵초는 발꿈치를 들고 낡은 옷장 서랍에 손을 넣어 보았습니다.

분홍 리본으로 묶은 편지 뭉치 하나가 나왔습니다. 앵초는 누렇게
바랜 편지의 글씨를 알아볼 수도 없었고, 남의 편지를 허락도 없이
읽는 것은 실례인 것 같아서 편지 뭉치를 다시 서랍에 넣었습니다.

그때 편지 뭉치에서 작은 열쇠 하나가 떨어졌습니다.

"머위야, 이것 봐!"

앵초가 놀라서 외쳤습니다.

"뭔데? 낡은 열쇠구나. 점심이나 먹자."

머위는 별로 흥미를 보이지 않았습니다.

앵초는 아무 말 없이 열쇠를 주머니에 넣고는 바구니에서 음식을
꺼냈습니다. 머위가 입 안 가득 빵을 우물거리며 말했습니다.

"이 커튼을 망토로 쓰면 어떨까?"

머위는 기다란 초록빛 커튼 자락을 잡고 몸에 감기 시작했습니다.
그때, 앵초 쪽으로 몸을 돌리던 머위는 커튼 뒤에 가려져 있던 작은
문을 발견했습니다.

"앵초야, 이 문은 뭘까?"

"나도 몰라. 열리니?"

앵초도 궁금해서 상자를 뛰어넘어 오며 말했습니다. 머위가 밀어
보았지만 문은 꼼짝도 하지 않았습니다. 열쇠 구멍으로 들여다보니
문 저쪽에 긴 계단이 보였습니다.

"잠겨 있어. 못 들어가겠다."

머위는 몹시 실망했습니다.

"어딘가 열쇠가 있을 텐데……. 아, 이 열쇠로 해 보자!"

앵초는 갑자기 생각난 듯 손뼉을 쳤습니다.

앵초가 주머니에서 작은 열쇠를 꺼내 주었고 머위는 구멍에 열쇠를

꽂았습니다. 열쇠는 구멍에 꼭 맞았고 문이 '삐그덕' 하고 열렸습니다.

머위와 앵초가 조심스레 들어가 보니 어두운 큰 방 한가운데 빙글빙글
돌아 올라가는 긴 계단이 보였습니다. 계단에는 뽀얗게 먼지가 덮인
낡은 카펫이 깔려 있었는데, 한때는 무척 멋졌을 것 같았습니다.
"오랫동안 아무도 들어오지 않았나 봐. 꼭대기에 뭐가 있는지
올라가 볼까?"
앵초가 속삭였습니다.
머위는 고개를 끄덕였습니다. 머위와 앵초는 계단을 올라갔습니다.
앵초는 겁이 나서 머위 뒤에 바짝 따라붙었습니다. 한참을 빙빙 돌아
올라가는데 갑자기 계단이 끝나고 큰 방이 나타났습니다. 방 끝에는
아주 웅장하고 멋지게 조각된 문이 있었습니다. 머위가 문을 밀어
보았습니다. 문이 스르르 열리자 머위와 앵초는 놀라서 눈이
휘둥그레졌습니다.

그렇게 으리으리하고 화려한 방은 처음이었습니다. 방 안은 큰 기둥과 조각으로 장식되어 있었고 벽에는 그림들이 걸려 있었습니다.

방 앞쪽의 작은 단 위에는 황금빛 의자가 두 개 놓여 있었습니다.

방에는 먼지가 뽀얗게 내려앉아 있었고 눅눅한 곰팡이 냄새가 코를 찔렀습니다.

"여기가 어딜까?"

머위가 앵초를 돌아보았습니다.

"글쎄, 나도 처음 와 봐."

앵초가 속삭였습니다.

머위와 앵초가 발꿈치를 들고 살금살금 걷자 바닥에 작은 발자국들이 생겼습니다. 머위가 초상화 하나를 올려다보며 말했습니다.

"아주 옛날에 너희 조상들이 살던 곳인가 봐."

"여기를 깨끗이 치워서 우리 놀이방으로 하자! 이건 우리만 아는 비밀로 하기다!"

앵초는 신이 나서 손뼉을 쳤습니다.

그리고 옷장을 열어 보니 그 안에는 멋진 모자가 가득 들어 있었습니다.

"머위야, 이것 좀 봐. 오늘 밤에 쓸 모자 걱정은 안 해도 되겠다!"

방 끝에 있는 문은 아기 방으로 통해 있었습니다. 창가에 예스러운 아기 침대가 놓여 있고 선반에는 뽀얗게 먼지가 앉은 장난감들이 있었습니다. 머위는 오래된 상자 하나를 살짝 열어 보았습니다. 그리고 상자 안에서 짧은 윗도리와 긴 외투, 촘촘하게 짠 천으로 만든 바지 한 벌을 끄집어 냈습니다. 옷은 머위에게 꼭 맞았습니다.

상자에는 금 장식이 달리고 반짝이는 예쁜 보석이 박힌 드레스, 외투, 조끼, 숄 등이 가지런히 들어 있었습니다. 머위와 앵초는 옷을 하나씩 꺼내 보며 축제에 입을 만한 것을 골랐습니다.

"꼭 맞아! 머위야, 이제 연습하자."

"좀 더 구경하고 하자."

구경할 방이 정말 많았습니다. 식당, 작은 부엌, 침실 등…….
예쁜 타일이 깔리고 커다란 창문이 있는 목욕실이 특히 멋졌습니다.
머위는 거울을 닦고 그 앞에서 얼굴을 찡그려 보았습니다. 앵초는
목욕통의 수도꼭지를 돌려 보았지만 물은 나오지 않았습니다.

　　"해가 가장 짧고 밤이 가장 추운 계절……."
앵초의 목소리가 목욕실 안에 커다랗게 울려 퍼졌습니다. 머위도 같이
시를 외우기 시작했습니다. 머위와 앵초는 한 마디도 틀리지 않을
때까지 시를 외우고 또 외웠습니다.
어느덧 창 밖에는 붉은 해가 저물고 목욕실 안에는 긴 그림자가
드리워졌습니다.
"벌써 저녁이 되었나 봐! 빨리 내려가야 통나무 구경을 할 수 있어."
앵초가 머위에게 말했습니다.
머위와 앵초는 옷을 집어 들고 먼지가 앉은 방을 가로질러 뛰어갔습니다.

머위와 앵초는 층계를 빙글빙글 돌아 아래로 아래로 뛰어 내려가서
다시 창고 방으로 내려왔습니다. 문을 잠그고 열쇠는 다시 서랍 안에

넣었습니다. 그리고 떡갈나무 성에 있는 다른 쥐들에게 들키지 않도록
복도를 살금살금 걸어서 앵초 방으로 갔습니다.

앵초가 창문을 열자 쥐들이 울타리를 따라 축제에 쓸 통나무를 끌고
오면서 즐겁게 노래하는 소리가 들렸습니다. 머위와 앵초는 옷을
갈아입을 시간이 없었습니다. 그래서 입고 내려온 옷을 감추기
위해 외투를 걸치고 모두 모여 있는 성문 앞으로 달려갔습니다.

사과 할아버지와 바위솔 아저씨가 등불을 높이 들고 맨 앞에 서서 가고
있었습니다.

"알밤도 굽고 찔레술도 데워요.
술잔을 옆으로 옆으로 돌려요.
모두모두 모여요. 통나무를 밝게 태워요.
오늘 밤 추위일랑 잊어버려요."

통나무가 보이자 모두 노래를 부르기 시작했습니다. 꼬마 쥐들은
통나무 큰 가지 위에 올라타 있었습니다. 통나무가 성문에 다다르자
머위와 앵초도 재빨리 통나무 위로 기어올라 갔습니다.

다 같이 조심스럽게 통나무를 문 안으로 끌어당겼습니다.
까치수염 아저씨가 나무껍질에 찔레술을 부으며 크게 외쳤습니다.
"겨울 축제를 시작합시다!"
드디어 통나무가 오고 축제의 막이 올랐습니다.

쥐들은 방 가운데서 타고 있는 난로 안으로 통나무를 굴려 넣었습니다.
모두 김이 모락모락 나는 찔레술 잔을 들어 올렸습니다.
"여름이 올 때까지!"
나이가 제일 많은 밝은 눈 할머니가 통나무에 불을 붙일 불쏘시개를
높이 들고 말했습니다. 사과 할아버지는 밝은 눈 할머니가 난로 안에
불쏘시개를 던져 넣는 것을 도왔습니다.
"여름이 올 때까지!"
모두 따라서 큰 소리로 외쳤습니다.
밝은 불길이 이끼 낀 나무껍질을 날름날름 핥더니 통나무 전체가 활활
타오르기 시작했습니다.

모두 벽난로 옆에 차려진 맛있는 음식을 마음껏 먹었습니다. 까치수염
아저씨는 빈 술잔마다 찔레술을 부어 주었습니다.
"앵초야, 외투는 벗지 그러니? 불 옆이라서 더울 텐데."
앵초 엄마가 앵초에게 말했습니다.
"조금 더 있다가요, 엄마. 전 아직 좀 추워요."

모두 배불리 먹은 후에
의자를 난롯가로 옮겨서
둘러앉았습니다.
드디어 재미있는 오락이
시작되었습니다. 사과 할아버지는
난로 앞에 서서 벽에 커다란 그림자를 만들었습니다.

작은 눈의 족제비 모양도 만들고 뱀 머리와
여우도 만들고 커튼으로 박쥐 그림자도
만들었습니다. 아이들은 소리를 지르며
좋아했습니다.

까치수염 아저씨는 흥겹게 바이올린을
연주하고 바위솔 아저씨는 마술을 보여
주었습니다. 동그랗게 모여 앉아 다 같이
턱 밑에 꽃사과를 넣은 뒤 떨어뜨리지 않고
옆으로 옆으로 건네는 놀이도 했습니다.
마지막으로, 떡갈나무 성의 주인인 마타리 씨가
조상들에 얽힌 감동적인 이야기를 들려주었습니다.
머위와 앵초는 서로 툭 치며 눈짓을 했습니다.

모두 차례대로 장기 자랑을 하고 나자 드디어 마타리 씨가 앵초에게
물었습니다.
"앵초야, 너희가 특별히 준비한 게 있다지?"
머위와 앵초는 의자에서 벌떡 일어나 벽난로 앞으로 가서 타오르는 불빛
앞에 섰습니다. 외투를 더 바짝 여미어 두르고 시를 읊기 시작했습니다.

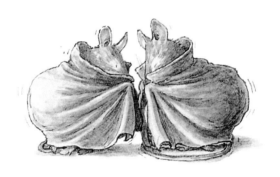

한 겨 울

해가 가장 짧고 밤이 가장 추운 계절
찬 서리는 유리창에 하아얀 옷을 입혀요.
햇살은 차디차고 바람은 매서운 계절
하얀 눈은 온 세상을 덮어 버리고
하늘은 낮게 깔려 어두컴컴하지요.
수염을 매만지고 보금자리를 치워요.
얼어붙은 겨울일랑 보내 버리고
찬 바람에 묻어나는 봄 향기를 맡아 보아요.

시 낭송이 끝나자 머위와 앵초는 외투를 휙 벗어 던졌습니다.

그리고 우아하게 모자를 눌러 쓰고 멋지게 마무리 인사를 했습니다.

모든 쥐들이 불빛에 빛나는 화려한 옷을 보고 잠시 숨을 멈추었습니다.

그러고는 크게 소리치며 박수쳤습니다. 박수는 그칠 줄 모르고
계속되었습니다. 마타리 씨가 머위와 앵초에게 다시 한 번 해 보라고
할 때까지 계속되었습니다.

머위와 앵초는 한 번 더 시를 읊고 자리로 돌아왔습니다.

"정말 잘했다."

앵초 엄마가 앵초를 꼭 껴안아 주며 속삭였습니다.

"그 예쁜 옷은 대체 어디서 났니?"

앵초는 머위를 힐끔 쳐다보고는 우물쭈물거렸습니다.

"다락방에서요……."

그리고 엄마가 더 이상 꼬치꼬치 묻지 않기를 바랐습니다. 다행히 바로
그때 까치수염 아저씨가 마지막 이야기를 시작했고 모두 그 이야기에
귀를 기울였습니다.

머위와 앵초는 타오르는 불길을 바라보며 둘만 아는 비밀의 계단을
올라가서 재미있게 놀 생각에 젖어 들었습니다. 곧 머위와 앵초는
끄덕끄덕 졸기 시작했고 깊은 잠에 빠져 들었습니다.

THE

THE

THE
HEST NUT WOODS

C OR

Hornbeare

Crabapple
Cottage

T H E   F

Bloudleary Poter

Rabbit holes.

Brambly
Hedge